ST D'HERVILLY

# JEPH AFFAGARD

## (FAIT-DIVERS)

PARIS

ALPHONSE LEMERRE, ÉDITEUR

27-29, PASSAGE CHOISEUL, 27-29

M DCCC LXXIII

# JEPH AFFAGARD

# JEPH AFFAGARD

(FAIT-DIVERS)

PARIS

ALPHONSE LEMERRE, EDITEUR,

47, PASSAGE CHOISEUL, 47

M DCCC LXXIII

# JEPH AFFAGARD

## (FAIT-DIVERS)

———

A A. CÉRÉMONIE

C'était un matelot, un pêcheur de morues,
Un « *Islandais* » enfin, comme on dit dans les rues
Du vieux Dunkerque.

   A l'âge où, sur les gazons ras,
Dans les parcs, les enfants, nu-jambes et nu-bras,
Font baiser au soleil amical leurs chairs roses,
Lui, pauvret goudronné, singeant les airs moroses
Des « loups de mer » qu'on voit tout le jour, dans les ports,
Surveiller l'horizon en se parlant des morts,
Il errait sur les quais, comme un chien perdu, sale,

Avec des moussaillons peignés par la rafale,
Qui semaient dans sa tête en friche les jurons,
Et lui montraient comment on tient des avirons.


Son père? — disparu. — Sa mère? — elle était morte,
Jeune, en l'un de ces trous des Flandres, dont la porte
Bâille, gueule de pierre, aux talons du passant;
On avait retrouvé le marmot pétrissant
Un sein maigre, soudain refroidi sous sa bouche.


Il râlait. — Par malheur, un ménage farouche
D'*épaviers*, dont le cœur, plus rude que la main,
Fit un adroit calcul, adopta le gamin :
— « L'enfant leur pourrait être, avec le temps, utile.
« Il saurait mendier plus tard. Quand on les style,
« Les bambins ont des yeux qui fouillent l'âme, et c'est,
« Parfois, le sûr moyen d'attendrir un gousset;
« Et puis, s'il ne veut pas tendre la main (l'enfance
« Est ingrate; on doit donc prévoir sa résistance),
« — Eh bien, le peu d'argent que l'on dépensera
« Pour ce mauvais bâtard, son travail le rendra! »


En attendant, le mioche avait soif, noir de fièvre;
Faute de lait, on lui fit boire du genièvre!

Or Jeph n'en mourut pas ; au contraire ! — A six ans
Il allait récolter sur les étais luisants
De l'estacade, à l'heure où la mer au loin gronde,
Son panier de vignots ; avec sa nasse ronde,
Pâle, le dos courbé, comme un gnome, à pas lents,
On le voyait, faisant lever les goëlands,
Traverser chaque jour deux fois la grève immense.

Comme un arbre, en ces champs que le vent ensemence,
Il grandit malgré tout, sans aide, obstinément,
A la fois maltraité par l'homme et l'élément,
Et puisant au hasard sa vigeur et sa séve.
S'il poussa droit et fort, sa floraison fut brève,
Et ne produisit rien : cet être abandonné
Fut, avant qu'il mûrit, un fruit bientôt fané.

Jeph était laid. — Souvent, cela se voit, les dames
Toutes roses encor des caresses des lames,
Qui reviennent gaîment par les dunes, l'été,
Arrêtent les petits pêcheurs avec bonté,
Les embrassent, et puis dans leur menotte noire
Glissent un peu d'argent, du bout d'un doigt d'ivoire ;
Hélas ! songeons aux cœurs si frêles à briser :
Jeph eut parfois des « sous », mais jamais un baiser !

Petits riches, ô vous dont la vie est un rêve
Enchanté dès l'aurore, un paradis sans trêve
Plein d'arbres de Noël ; ô mangeurs de gâteaux
Pour qui, — divin travail ! on bâtit des châteaux
En Espagne, le soir, et qu'on aime et qu'on choie ;
Vous dont la main d'abord à des robes de soie
Se cramponne, charmante ; anges aux tendres joues,
Aimez-les ces enfants qui marchent par nos boues
D'une répulsion hautaine environnés,
Quoique innocents et purs, comme des condamnés !

Pauvre Jeph ! — Ses parents de hasard, bons ivrognes,
Comme au soleil s'en vont, au temps froid, les cigognes,
Venaient au cabaret l'hiver, fidèlement.
Ils appelaient cela : « goudronner le gréement. »
Ou bien encor : « mêler une rose aux orties. »
Donc, — car l'enfant toujours était de ces parties,
Son seul bonheur, ce fut au cabaret qu'il l'eut.

L'oasis sombre avait pour enseigne : *Au Chalut !*

Ah ! les doux soirs ! — Assis contre le vaste poêle,
Oublié sur son banc, heureux jusqu'à la moelle,
L'âme comme blottie au plus chaud de son corps,

Jeph écoutait gémir l'âpre Norolt dehors ;
Pendant que les buveurs secouaient sur le pouce
Leur brûle-gueule éteint, ou soufflaient dans la mousse
Crémeuse de leur chope au verre ruisselant,
Un vieillard enroué racontait, morne et lent,
Une étrange aventure autrefois arrivée :
Quelque barque solide, en un moment crevée
Par les crocs blancs d'un morse, à la pêche aux harengs.

L'enfant ouvrait ses yeux de chat craintif tout grands,
Alors, et vénérait la barbe de cet homme,
Où la bière par goutte, à présent, brillait comme
L'embrun des flots, jadis, sous le ciel boréal !

Puis on parlait encor du Navire-Infernal
Qui croise à tout jamais sur les vagues désertes,
Maudit ! — Dans le brouillard, et présageant les pertes.
On l'aperçoit, la nuit, toutes voiles dehors,
Sinistre, illuminé par trois rangs de sabords ;
Les vieux marins, béants, se signaient. Jeph, inculte,
Frissonnait dans son coin.

Plus souvent un tumulte
Barbare remplissait la taverne ; et des voix

Qui faisaient sur leurs gonds sauter les huis de bois,
Entonnaient la chanson de bord, ou la romance :
*L'Étoile du matin, Jean-Bart, la Belle-Hermance,*
*Le Mousse Noir, Suzon, Notre-Dame-des-Mers,*
Mêlaient dans la fumée âcre leurs pauvres vers,
Et c'était des bravos sans fin, épouvantables!

Souvent aussi, fichant leur couteau dans les tables,
Les gens de mer faisaient leur branle-bas de jeu,
Et des poings couturés et tatoués de bleu,
Tendus, mal équarris, au bout de vieilles manches,
Tapaient à chaque carte un grand coup sur les planches!
Des querelles naissaient où la bave des cœurs,
Bouillonnante, et chauffée encor par les liqueurs,
Sortait de chaque bouche au lieu de trèfle et pique;
Les joueurs se dressaient, ayant mis bas la chique,
Terribles, pour se battre ! — et le sang sur le sol
Joignait son relent fade au goût de l'alcool.

Ces heures de plaisirs farouches étaient rares ;
L'infecte brasserie où, chers comme des phares,
Les vieux quinquets, de loin, brillaient hospitaliers,
N'abritaient pas souvent ce petit sans souliers;
Mais Jeph en ruminait le souvenir sans cesse !

*Le Chat botté*, sans doute, et *l'Adroite Princesse*,
Eussent été choyés par sa mémoire avec
Plus de tendresse encor ! mais « qui vit de pain sec
Ne peut se rappeler le beurre ! » — Or, dans les dunes,
L'enfant manipulait un jeu de cartes brunes,
Avec ivresse, seul, et s'insultait, jurait,
Comme il l'avait vu faire, hélas ! au cabaret.


Plus tard, « *la Jeune Aglaure*, » un beau lougre de pêche,
Ayant pour patron Jean Beuckels, gaillard revêche
Qui portait sur l'œil droit son bonnet constamment,
Embarqua Jeph un jour, avec un chargement
De lignes, de barils et de sel, pour l'Islande !


Jeph avait dix-sept ans alors. — Mais dans la lande
Natale il n'alla point, comme un rêveur pleurer !
Il partit, regardant sans émoi se dorer
Le beffroi de la ville aux lueurs de l'aurore.
Ses parents adoptifs, — lorsque *la Jeune Aglaure*,
Larguant toute sa toile à la brise, passa
Au bout de la jetée avec grâce, et lança
Un long hourra d'adieu, — n'eurent point l'œil humide ;
Seulement, si le cœur ne se sentait point vide,
Leur estomac pensait qu'ils allaient avoir faim,

Et que leur pourvoyeur les quittait à la fin.
Aussi, d'un air navré, bousculés par la foule,
Ils suivaient du regard le bateau sur la houle,
Qui dans le nord brumeux disparaissait, point noir.

Ils devaient être au moins huit mois sans le revoir;
Et n'avaient pas de quoi garnir une dent creuse.

. . . . . . . . . . . . . . . .

. . . . . . . . . . . . . . . .

. . . . . . . . . . . . . . . .

. . . . . . . . . . . . . . . .

La mer aux « *Islandais* » se montra généreuse :
La morue à tout coup gobait les hameçons.
Oui, mais l'hiver fut dur; tous les rudes garçons
De l'équipage, et Jeph, plus qu'un autre novice,
Endurèrent la pluie et ce froid noir qui glisse
A travers les cabans, et qui gèle les os.

Seul, le patron riait. Voyant les cabillauds
Tomber drus sur le pont comme des blés qu'on fauche,
Il mit, lui, Jean Beuckels, son bonnet sur l'œil gauche.

Un matin, on piqua vent-arrière au sud-est;
On revenait en France, et non pas sur son lest :
Dix-huit mille poissons se salaient dans les cales.

Sous les bossoirs massifs les lames amicales
Crachaient paisiblement leur écume. On filait
Sept larges nœuds à l'heure, et chacun calculait
Arriver au pays, — à moins que dans la Manche
On eût du fil à tordre, — au plus tard le dimanche
Qui suit la Vierge-d'Août. Tous étaient fort joyeux.
Une espèce d'éclair riait au fond des yeux
De ces lourds travailleurs flairant de loin la terre,
Comme des bœufs l'étable. Et le soir, solitaire
A la barre, et rougi par un dernier rayon,
Maître Beuckels, croyant ouïr le carillon
De la tour du Guetteur, — illusion bizarre,
Cherchait, surpris, dans l'ombre, un feu perçant de phare.

Une nuit, Affagard, à côté du compas,
Étant de quart, rêvait; il songeait, — oh ! non pas
A quelque pauvre fille aux mains rouges, qui compte,
En rouillant de ses pleurs un clair fourneau de fonte,
Sur l'almanach les jours dont le pas est si lent,
— Mais bien au cabaret du port, étincelant !
Au feu — presque un foyer ! — qui flambe dans la grille ;
Au cabaret qui s'ouvre ainsi qu'une famille !
Il pensait à l'hôtesse honnête du *Chalut*
Accueillant son retour d'un cordial salut,

Et, mère, à l'orphelin mouillé par les tempêtes,
Versant à boire avec son sourire des fêtes !
L'odeur d'un grog au gin, parfumé de citron,
Et bouillant le grisait. Oubliant le patron
Brutal, qui dort en bas sur son lit d'algues sèches,
Il rêvait de choux verts garnis de viandes fraîches
Ce forçat dégoûté du *stokfisch* et des pois,
Et qui buvait de l'eau trouble depuis cinq mois !

Soudain, balayant tout de l'arrière à la bitte,
Un lourd paquet de mer, trombe noire et subite,
Qui suivit un hoquet de l'Océan gonflé,
Creva sur le bateau ; le vieux brave, essoufflé,
Secoua ses agrès couverts d'écumes blanches,
Se releva d'un bond, faisant craquer ses planches,
Et fila dans la nuit. — Mais le flot triomphant
Jetait Jeph par-dessus le bord, comme un enfant.

Contre le traître sort que peut l'homme débile ?

Jeph fut comme étranglé par une main habile,
Garrotté qu'il était dans son gros vêtement.
La lutte ne fut pas horrible heureusement :
Très-simple, elle dura peut-être vingt secondes.

Jeph, muet, fendit l'eau comme le plomb des sondes,
Et ne reparut pas. — De larges bulles d'air
Couvrirent seulement les flots couleur de fer...

C'est ainsi, dans la nuit du dix juillet, qu'un lougre
De Dunkerque eut un homme à la mer.

                              — Pauvre bougre !

PARIS. — J. CLAYE, IMPRIMEUR, 7, RUE SAINT-BENOIT.[502]